松浦 秀子

# 百パーセントの最期

## すい臓ガンの夫を看取って

文芸社

# はじめに

平成三十一年二月十七日、語り部の田中ふみ枝さんのご案内で、五人で初めて、名古屋市最高峰の山、東谷山へ登りました。

その日は、二月の半ばでしたが、天候にも恵まれ、とても穏やかな日でした。山の麓に車を停め、五人で出発。

それほど険しい道ではなく、なだらかな歩きやすい山道です。

木々の間から降り注ぐ木漏れ日、鳥のさえずりや、山の香りを楽しみながら、足腰の不安をかかえているお仲間もいましたが、みんなで声をかけ合い、登り切ることができました。

山頂は、空気が澄み渡り、心の汚れまで落としてくれるような、そんな空間でした。

この山頂には、三階建ての展望台が設けられていました。展望台からの眺めは最高で、名古屋市が一望できます。

一人で眺めるのもいいのですが、五人で眺めると、良さがより倍増します。

そして、周辺を参詣した後、持ってきたお茶とチョコでひと休み、お陰で少々疲れた身体が回復してきました。

それから、五人で立って心を一つにして、誓い合いました。田中ふみ枝さんの「それぞれ自分の与えられた役割を、これからしっかり果たしていこう!」の力強く揺るぎないお言葉。

その瞬間、私の中に眠っていたものが、目覚めました。自分にはできないと、胸の奥へおいやっていたもの、その想いが身体の底から湧き上がってきました。

やってみよう！

「すい臓ガンの夫を看取った、百パーセントの悔いのない最期を、書いてみよう！」

そう、決心しました。

それから、五人で山を降り、遅めのランチを食べました。そこで食べた鰻丼は最高に美味しかったです。きっと、これから始まる新しい世界をみんなで想像しながら、語り合いながら食べた鰻丼だったから、格別だったんだと思います。

とても楽しい春の遠足でした。

そして次の日、さっそく原稿用紙とペンを買いに走り、湧き上がる気持ちを抑えながら書き始めました。

目次

## あれから時が経って

早いもので、夫が旅立ってから十六年が経とうとしています。夫の亡き後、こうして元気で明るく生きてこられたのも、夫の闘病生活を支えることができた喜びと、苦しさの中にも、あの充実した幸せな日々の思い出が、たくさんあったからだと思います。

現在日本では三十万人以上がガンで死亡し、二人に一人がガンにかかる時代だといわれています。

そして罹患者たちが最期を何処で迎えたいのか、何処で迎えることができるのかが、大きな問題になってきています。

そんな中、ガンの余命宣告を受けた夫が、最期を家で迎えることができた一つの例として、また、夫がガンになる以前に、夫婦の在り方を改めた経緯や、見直したことによって夫のガンの闘病期間中、お互いに寄り添い合うことができた私共の体験が、少しでも皆様のお力になれればと思い、拙い文章ですが、書かせていただきました。

# マインドコントロール

夫と私は、幼稚園から高校まで一緒の学校の同級生でした。高校を卒業してから、何回目かの同級会がきっかけとなり、三年間の交際期間を経て、二十五歳で結婚しました。

同級生ということもあり、友達みたいな夫婦で、新婚生活がスタートしました。

食事の材料を一緒に買いに行ったり、夫の休みの日は、何処かへ遊びに出かけたり、あった出来事や悩みなども、話し合ったりして、何でも言い合える良い関係でした。

ところが、二人の子供ができると、段々子供中心の生活に変わっていきました。

特にうちは、夫の仕事がサービス業で、仕事休みは平日。かつ、週の二日間は夜勤勤務でしたので、子供のことはどうしても、私が中心で見なければなりません。

土曜日曜と、夫が仕事でいないので、私が二人の子供を連れて、公園へ行ったり、川へ水遊びに連れていったりして遊びました。

運動会や学芸会など、学校行事は土曜日曜が多いために、夫婦揃って見に来ている家庭が多い中、いつもうちは私一人でした。

子供が小さい時は、お風呂へ入れるのも一苦労でした。初めに下の子の身体を洗い、湯船に浸った後お風呂から出し、服を着せ、またお風呂へ入って、上の子の身体を洗うという繰り返し。自分がゆっくりお風呂に浸ることは、なかなかできませんでした。

そして、子供を寝かせる時には、私が本を読んだり、日替わりで作る即興物語を語ったりすることが子供たちは好きで、子守り唄がわりに語っていました。子供たちが寝る頃には、私はもうクタクタ。

でも、子供の寝顔を見ていると、また明日も頑張ろうという気持ちになりました。

そんな日々が続いて、五年十年と過ぎていく中で、夫婦で口喧嘩をすることが、多くなってきました。

夫がああ言えば私がこう言う、どっちも譲らない口喧嘩。

私が夫に不満をぶつけることを、黙って右から左へ聞き流してくれればいいのに、と夫に対して思っていました。きっと夫も同じように私に対して思っていたのでしょう。

それでも、たまには家族みんなで、キャンプや旅行へ行くこともありました。その時は、子供も私も〝お父さん〟と一緒にいられるので、テンションが上がり、楽しい時間を過ごせました。

しかし普段の生活では、私一人で、家事や子供のことをこなさなければいけないので、その疲れもあり、また夫が仕事でいないことが多かったので、段々夫の存在が、私の中で薄れてきていました。

きっと、倦怠期の真っ只中だったんですね。

そんなある日、私は自分自身と、しっかり向き合ってみました。

今のままの夫婦関係を、このままずっと続けていっていいの？

私の描いてきた夫婦像と、大分変わってきちゃったよね。こんなはずじゃなかったよね。

「もっと幸せになりた〜い」と私は心の中で叫んでいました。

そして、自分が幸せになるには、いったいどうしたらいいんだろうと、考えました。
しばらく考えた末、やっと出た答えが、この三択でした。

①この生活にピリオドを打って、離婚する。
②夫のことを嫌いになったわけではないから、今の状態を我慢して、このままの生活を続ける。
③縁あって一緒になったのだから、最高の夫婦になって幸せになる。

料金受取人払郵便

新宿局承認

1409

差出有効期間
2021年6月
30日まで

（切手不要）

郵便はがき

160-8791

141

東京都新宿区新宿1－10－1

（株）文芸社

愛読者カード係 行

| | | | |
|---|---|---|---|
| お名前《ふりがな》 | | 明治 大正 昭和 平成 年生 歳 | |
| ご住所《ふりがな》 | □□□-□□□□ | 性別 男・女 | |
| お電話番号 | （書籍ご注文の際に必要です） | ご職業 | |
| E-mail | | | |
| ご購読雑誌（複数可） | | ご購読新聞 新聞 | |

最近読んでおもしろかった本や今後、とりあげてほしいテーマをお教えください。

ご自分の研究成果や経験、お考え等を出版してみたいというお気持ちはありますか。

ある　　ない　　内容・テーマ（　　　　　）

現在完成した作品をお持ちですか。

ある　　ない　　ジャンル・原稿量（　　　　　）

| 書　名 | | | |
|---|---|---|---|
| お買上<br>書　店 | 都道<br>府県　　　　市区<br>郡 | 書店名 | 書店 |
| | | ご購入日 | 年　　月　　日 |

本書をどこでお知りになりましたか?
1.書店店頭　2.知人にすすめられて　3.インターネット(サイト名　　　　)
4.DMハガキ　5.広告、記事を見て(新聞、雑誌名　　　　)

上の質問に関連して、ご購入の決め手となったのは?
1.タイトル　2.著者　3.内容　4.カバーデザイン　5.帯
その他ご自由にお書きください。
(　　　　)

本書についてのご意見、ご感想をお聞かせください。
①内容について

②カバー、タイトル、帯について

弊社Webサイトからもご意見、ご感想をお寄せいただけます。

ご協力ありがとうございました。
※お寄せいただいたご意見、ご感想は新聞広告等で匿名にて使わせていただくことがあります。
※お客様の個人情報は、小社からの連絡のみに使用します。社外に提供することは一切ありません。

自分自身に問いかけながら、消去法で一つずつ消していきました。そして、最後に残ったのが③の「最高の夫婦になる」でした。

私は、誓いました。「絶対に最高の夫婦になるぞ！」と。すると、身体の中からみるみる力が湧いてきて、これからのことを想像すると、なんだかワクワクしてきました。

善は急げです。

さっそく次の日から、実行に移しました。

夫の嫌いなところは考えないで、良いところだけを、毎日思い浮かべるようにしました。それはまだ結婚する前の夫でしたが、私にいろいろ優しくしてくれたところとか、私が何を聞いても答えてくれたところとか。今の生活では、ゴミの日にはゴミを出してくれたり、点かなくなった電球の球を交換してくれたり。考えていくと、普段では気が付かない夫の良いところが、いろいろ出てくるんです。

そして、私は掃除をしながら、夫のことがちょっといいかもしれない、洗濯をしながら、夫のことが大分いいかもしれない、料理を作りながら、やっぱり私は夫のことが好きみたい。そんなこんなで、夫が仕事から帰ってくる頃には、いつもの夫が素敵な人に見えちゃうんです。

こうやって、夫の良いところを浮かべ、自分で口に出して何日も続けていくと、段々とその気になってくるんです。

俗にいう、マインドコントロール（？）ですね。

そして、以前の倦怠期も、嘘みたいになくなっていき、生活していく中で、「ごめんね」も「ありがとう」も、お互いに自然と言い合える関係になっていきました。

なんとか相手を変えたいと思っているうちはなかなか変わらず、反対に自分が変わろうと行動に移し出したら、自然と相手も変わってくるという良い連鎖。

それ以後、なんと私たち夫婦に〝いさかい〟はなくなり、何でも話し合える良き友達、良き夫婦になっていきました。

# 夫の病いを通して

子供も段々大きくなり、手が離れてきたので、夫と二人で日帰り温泉へ出かけたり、映画鑑賞をしたり、結婚記念日にはお酒を交わして祝ったりと、中年期をそれなりに楽しんでいました。

そんな中、結婚して二十一年経ちますが（この時、夫は四十六歳）、今まで病気一つしたことのない夫が二月頃、急に痩せ始めました。毎年会社で健康診断を行っていたので、きっと悪いものではないだろうと、私は自分に言い聞かせていましたが、何をしていても心配で手につかず、夫に病院へ行くように勧めました。夫はそれまで歯医者以外は病院へかかったことがありませんでした。やはり怖いのか、なかなか行こうとはせず私の再三の説得に応じて、個人病院ならということで、ようやく重い腰を上げてくれました。

個人病院では、できる範囲の検査をしてもらいました。数日後に先生から、検査結果を見ながらのお話があり、「大学病院へ紹介状を書くから、それを持って行ってください。もう半年早く来てくれたら良かったのに」と言われました。夫と一緒にいたので、私は先生にあまり深くも聞けず、不安だけが残りました。

それから数日後の五月七日、大学病院へ検査入院しました。夫はあまり不安を顔には出さず、いつも通りの穏やかな感じのままでした。その後も夫は、痩せてきてはいましたが、とても元気でした。

検査は結構長く、一ヶ月ぐらいかかったでしょうか。いよいよ検査結果を聞く日がやってきました。その日の検査結果は私の母と私と夫の三人で聞くことになっていました。夫と二人で聞くのは不安だったので、母に来てもらっていたのです。

夫の病室は八階なので、母と二人で、病室へ向かおうとエレベーターに乗りましたが、気持ちはずっと落ち着かないままです。ガンがあることはきっと言われるだろうと、ある程度は覚悟していましたが、もしかして違うかもしれないという期待もありました。

エレベーターに乗っていた私たちが、ちょうど、八階に着こうとした時、目の前にあるナースステーションから、夫の主治医の先生が急に出て来られました。「こちらへどうぞ」と、夫の病室とは反対方向へ案内され「ご主人は一緒ではないほうがいいと思います」と言われました。

私は急に心臓がバクバクしだし、「主人が一緒ではないほうがいいってどういうこと？」「どうして反対方向に連れていかれるの？」と思い、恐怖で胸が張り裂けそうになり、うまく歩けない感じでした。

部屋に入り、先生から告げられた言葉は……「ご主人はすい臓ガンです。余命は三ヶ月で、残念ですが手術はもう無理です。抗ガン剤治療をしていきますが、長くは生きられません」。先生は、夫が生きることを全て否定されました。

私は、あまりのショックで目の前が真っ暗になり、すぐには受け入れることができませんでした。

だって、夫はすごく元気だし、痩せている以外は全く普通だし、余命三ヶ月なんてありえない。でも私が何を聞いても、先生は、夫が生きる道を全て否定されました。肝臓にも腸にも転移しているとのことでした。信頼をおいている先生からの説明でしたので、私にはその話を受け入れるしか道はなかったのです。

選択肢がないということが、これほど酷なことだとは……。夫に涙を見せるわけにはいかないので、夫の前では頑張って平常心を保ちました。

その後、予定通り三人で先生から検査報告を聞きましたが、余命三ヶ月の話と転移の話は避けてもらいました。

私はいつも病院へ来ると、夫のベッドの側でゆっくりするのですが、その日は先生からの話を聞いた後、夫が、「今日はもう帰っていいから」と、私たちをそのままエレベーターまで送ってくれました。こんなことは、初めてでした。夫は、一人で考えたかったのでしょうか。先生からの検査結果を、どんな気持ちで聞いたのでしょうか。

夫のことを思うと、いたたまれない気持ちでした。

家まで一時間近くかかる帰りの運転は、次から次へと流れてくる涙と嗚咽で、前方がずっとぼやけていました。病状を知った子供たちも、突然のことでどんなにか辛かっただろうと思います。

これからどのように夫を支えていったら良いのか、私にできることは何なのかを、時間をかけて自分なりにいろいろと考えてみました。そして、今まで通り、笑いのある明るい家庭を保つこと、自分も明るくいること、夫の言うことに全て従うこと、その三つを決めました。私は、パートの仕事をしていましたが、思い切ってそれも辞めました。

その後、夫は、何日かして退院してきました。

そんな状況の中、心配してくれた姉が、柏木哲夫先生が書かれた『安らかな死を支える』という本を持ってきてくれました。

その本の中には、ガンの末期ゆえに生じる症状として、身体的痛み、精神的痛み、社会的痛み、宗教的痛みの四つがあると書いてありました。私は、そのどの痛みも夫から取り除いていけるように、できることを精一杯頑張ろうと思いました。

そうやって、自分の中で一つ一つ整理して決めていくと、段々と心が落ち着いてきました。夫の身体的痛みを少しでも和らげたいと思い、背中が痛いと言う時には、軽くたたいたり、さすったり。足がだるいと言う時には、なでたり揉んだりしました。

社会的（経済的）痛みを少しでも減らしたいと思い、夫がお金のことを心配した時には、「お父さんの知らないところに、隠し金が沢山あるから大丈夫だよ」と大ボラも吹きました。

宗教的痛みを少しでもなくしたいと思い、夫が「俺が何か悪いことをしたから、こうなったのかなあ」と言った時には、「お父さん、何も悪いことしてないじゃん」と、心からそう思って言いました。

精神的痛みを少しでも和らげようと思い、夫が「辛いなあ」と言った時には、「私がいつも一緒にいるからね」と言いました。

けれども、夫が「もっと生きたいなあ」と言った時には「そうだよね」としか言えませんでした。

叶えてあげられないこの言葉が、一番辛かったです。

子供たちもいろいろな思いがあったと思いますが、普段通りに明るく、父親と接してくれていたのが有り難かったです。

その年の八月に入って、症状が悪化してきました。二度目の入院になりました。が、しばらくすると、症状が落ち着いてきました。少しでも家族との時間を、という病院側の計らいで、退院時には買い物や庭の手入れを楽しんだりテレビを見たり、家族と一緒に過ごすことができました。

「家族の和ができたなあ」とお父さん。

私はこんな日が、いつまでも続いてほしいと願いました。

しかし、穏やかな日は、そう長くは続きませんでした。九月になりました。やがて、余命が三ヶ月から一ヶ月に変わりました。

死という、とてつもない辛さはありましたが、死を目前にして、病いと戦っている夫の姿を見ていると、私が死を怖れてはいけないと思いました。

もうこの目で見られなくなってしまう夫の姿を、声を、仕草を、私のこの目にしっかり焼き付けておこうと思いました。

一緒に車で出かけると、「お父さん、旅行へ行くんだったら、一番何処へ行きたい？」と聞くと「そうだなあ、長野へ行ってみたいなあ」と夫。「うん、長野いいよね」と答えながら、私は頭にしっかり刻み込みました。

家の庭へ一緒に出た時は「お父さん、花の中でどれが一番好き？」と聞くと、「う〜ん、時計草が好きだな」と夫。そういえば私たちが付き合い始めの頃、夫が初めてプレゼントしてくれたのが時計草。私も一番好きな花にしようと思いました。

また、夫がくつろいでいる時に「お父さん、今一番何がしたい」と聞くと、「仕事が一番したいなあ」と。以前は、定年して早くゆっくりしたいとあれほど言っていたのに、本当は、仕事が大好きだったんですね。

夫はよく、横になりながら肘をついて、新聞を見る癖がありました。私はその姿を、遠くからながめながら、目に焼き付けようと長い間見続けていました。私の大好きな夫の姿です。でも、この大好きな姿ももうじき見られなくなってしまうんだと思うと、涙で夫の姿も霞んでしまいました。

私は、夫との老後をとても楽しみにしていました。縁側で二人で座って、お茶を飲みながら、たわいもない話をする。という特別なことではなく普通にやってくると信じていた老後、それも叶わぬ夢となってしまいました。どうしてこの夫がこの病気なんだろう、どうしてうちなんだろうとも思いましたが、だめだめ弱気はいけない、と自分に言い聞かせ、残された一日一日を大事に過ごそうと気持ちを切り替えました。

その日は診察の日でした。病院まで一時間近くかかるので、お腹に水が溜まっている夫は、大変だったろうと思います。

診察が終わり、担当の先生からお話がありました。「今回、土、日、月曜と病院が休みになるので、休みが終わったら入院してください。それから残念ですが、もうこれで退院はありません」と先生が、そっと私に告げました。

覚悟はしていたけれど、ついにその日が来てしまったんだと、何とも言えない気持ちになりました。夫は二回の入院で懲りているのか「お母さんも一緒に入院してくれるといいんだけどなあ」と言ってました。

その夜私は祈りました。ただひたすら祈りました。「どうぞ、夫をこの家で逝かせてください。一ヶ月早まってもいいので、どうぞ、この家で最期を迎えさせてください」と心から何度も祈りました。

# 最期の三日間

一日目が過ぎ、二日目が過ぎました。三日目の九月十五日、月曜日の朝、出かける娘に夫は「たこのパンッと焼いたのを買ってきてほしい」と隣の部屋から大きな声で頼んでいました。夫は、食べている息子にも、食卓を遠くから見て「美味しいか」と聞いてました。夫はその後、朝食を軽く済ませて寝床へ行きました。足の甲はパンパンに腫れていて、「わらじを履いている感じ」と言い、歩くのが辛そうでしたが、ゆっくり歩けばなんとか大丈夫でした。

その後、夫は二時間くらい寝たでしょうか。昼寝から覚めると、夫の身体の状態が全く変わっていました。

顔の肉が落ち、声質が変わり、絞り出して話さないと聞こえない声。さらに胸式呼吸が肩呼吸に変わっていました。汗もびっしょりかいて、着ていた服がビショビショになってしまいました。

私はとても心配になり「お父さん病院へ行く？」と聞くと「行かない！　お母さんがいるからいい」と。健康な時は私と一緒で、優柔不断な夫でしたが、この時は声を絞り出して、きっぱり言いました。その言葉を聞いて、私の中で〝必ず夫を守り抜く！〟という強い覚悟が生まれました。

それから、午後の三時過ぎだったと思います。出かけている娘から、父親の様子を心配する電話がかかってきました。私はこの時、咄嗟に「お父さん、身体が辛そうだけど、大丈夫だよ」と娘に言っていました。普段、子供たちは父親の心配やお世話をしてくれていたので、たまにはゆっくり遊んできてほしいと思いました。

夕方になると、苦しさの中にも、穏やかさが出てきました。夫は、「今日はいっぱい話がしたい」と言い、いろいろ話をしてくれました。夜にはりんごを食べ、お水を美味しそうに飲んで、好きなたばこを吸って、その後「今まで、手や足になってくれてありがとう。心から感謝しているよ」と話し、「私もお父さんの手や足になれて嬉しい」と伝えると「いい夫婦になったなあ」と言ってくれました。そして、私の肩につかまって寝床へ。

実は、この日から一週間ほど前に、夫が「うちには床の間に掛け軸がないから、ぜひ山水の絵が欲しい」と言っていました。でも私は夫の世話をしているので動けないし、どうしようかと考えた末、隣の県に住んでいる姉に電話でお願いしました。

「お父さんが、山水の掛け軸が欲しいと言ってるんだけど、頼める?」と聞くと、二つ返事で「わかった。探してみるね」と姉。それから姉は、あちこち回って、山水の掛け軸を探し求めてくれました。

そして数日後、姉から電話があり、「山水の絵、いろいろ迷ったけど、これに決めたから」と言って送ってくれました。

掛け軸が届いたのは、三日目の昼中でした。夫は届いた山水の掛け軸を開けると「これは百パーセントだ」と言って、とても喜びました。

さっそく、隣の床の間に、掛け軸をかけました。姉には「山水の掛け軸をお願い」としか伝えてなかったのですが、限られた短い時間の中で、姉がどれだけ、あちこち奔走してくれたのかと思うと、本当に頭が下がります。

いよいよ三日目の夜になりました。夫は寝床から、隣の床の間にかけてある掛け軸を見ながら、「心が安らぐなあ」としみじみ言っていました。

そして夫は私に「大きな懐中電灯を持ってきてほしい」と言いました。「えっどうして?」と聞くと、「夜中に目が覚めたら、あの山水の絵を見たいから」と。夫は本当に山水の絵で心が癒やされていたんですね。

しばらくすると、「小腹が空いたなあ」と夫。私が「何か作ろうか」と聞くと、「娘のお土産を楽しみに待っているから」と言いました。

これが夫が発した最後の言葉でした。

その後、夫は深い眠りについてしまったので、朝出かけた娘に頼んだタコのお土産を口にすることはできませんでしたが、何かを楽しみに待ちながら眠りにつくということは、とても幸せなことなんだと、改めて思いました。

それから日が変わって九月十六日、夜中の一時頃だったでしょうか。

寝ている夫を見ると、相変わらず汗をかいています。私はずっと汗をかき続けている夫に水を飲ませてあげたくなりました。この時はなぜか、朝まで待てなく、どうしてもすぐにあげたくて……夫は眠っているので、お茶碗に水を汲み、その中にガーゼを浸し、眠っている夫の口に、ガーゼを絞って注ぎました。

それが不思議なんです。眠っているはずの夫が飲んでくれるんです。私は嬉しくなって何回も何回も口に注ぎました。これで夫の身体に水分が行き渡り、少しでも楽になってくれればいいなと思いました。

夫は依然として肩呼吸のままでした。朝になれば、もう病院へ入院しなければなりません。

それから私は横になり、夫の側で寝ました。

朝方の四時頃でした。私は目が覚めると、ずっと気になっていた夫の肩を見ました。

すると、なんと夫の肩呼吸が普通の呼吸に変わっているではありませんか、私はただただ嬉しくて、その肩をずっと見ていました。

そして夫と一緒に呼吸しました。一回、二回三回、何ともいえない幸せな気持ちでした。そして四回目を……しかし、夫の四回目の呼吸は……ありませんでした。

私はびっくりして「お父さん、お父さん」と何度も呼びました。しかし、再び夫が息を吹き返すことは、ありませんでした。

私はこの時、夫の命の火が消えたことを、確信しました。そして「やり遂げた」と心の中で言っている自分がいました。

それから急いで子供たちを起こし、みんなで最期のお別れをしました。

あなたの優しさや思いやりは、一生忘れません、あなたに巡り合えて本当に良かったです。

夫はすい臓ガンで、四十七歳という若さでこの世を去ってしまいましたが、闘病中、幸せなことがいっぱいありました。

・家族と一緒に過ごすことができ、自宅で最期を迎えられたこと
・身体に管を通さず、モルヒネなどの痛み止めをすることもな

く、最期まで自分の手で食べ、話をし、自分の足で歩けたこと
・最期は、心の苦しみが取れ、和み、穏やかになれたこと

全てに感謝です。

ありがとうございました。

私は、夫の病いを通して、死にゆく人と看取る人の信頼と覚悟があれば、最期を自宅で迎えることは、高い確率で可能だと

思いました。

私共の体験が、自宅で最期を迎えたいと願われている方々のご参考に少しでもなればと思い書かせていただきました。

## そして今

そして今、亡き夫を縁として、手を合わせることの大切さをお寺のご住職から教えていただいたお陰で、お聴聞を知ることができました。お寺でのお聴聞（法話）を重ねていく中で、我欲の強い自分、怒りのある自分、愚痴いっぱいの自分に気付かされます。

でも、そんな愚かな自分でもいいんだよ、と言ってくださるお話は、とても心が癒やされます。

引き続きこれからも、お聴聞を重ねていきながら、楽しく、より良い人生を過ごしていきたい、そう思っております。

## あとがきにかえて

胸の奥にしまっていたものを、やっと出すことができました。
まさか自分が本を書くなんて……。
文才がなくても想いがあれば、書くことができるんだと今回知りました。
原稿を書き終えて、見えてきたものがあります。

それは、決心。

自分の中で何かを決心すると、その瞬間から、すべてのものが、そちらの方向に、いっせいに動き出す、と聞いたことがあります。

この度の私共の体験では、「最高の夫婦になる」という一つの決心が、次の決心を呼び起こし、さらにまた次の決心に。そして、悔いのない最期にたどり着いたのでは。と感じます。

夫の亡き後、心の中にはぽっかり穴があいてしまい、虚しさが押し寄せ、ある期間、うつ状態に陥りました。また夫を亡くしたことにより、家族のバランスも崩れた時期もありましたが、そんな時でも、あの夫の闘病生活を支え、やり遂げたことが、自分の支えにもなり勇気をもらえ、乗り越えることができました。

いつでも戻れる原点（場所）があるって、いいものですね。

今回、本を書くにあたって、大きなきっかけを下さった田中ふみ枝さん、私の背中をいつも押していただき、勇気を下さいました。

どんな時でも、私の陰日向になり、応援して下さった高柳佐和子さん。

書き始めの頃、大事なアドバイスをくれた母や姉妹。

私が本を出すことを迷った時「僕はこの本を出してほしいです」と心に染みるお言葉を下さった文芸社企画部の阿部俊孝様。

親切、丁寧にご指導して下さり、安心してお任せすることができました文芸社編集部の宮田敦是様。

そして、この本を手に取って下さった読者のお一人お一人の方々。
この場をお借りして感謝申し上げます。
ありがとうございました。

## 著者プロフィール

**松浦 秀子**（まつうら ひでこ）

1957 年生まれ。
静岡県出身。
愛知県在住。
2002 年より地元で開催しているグループカウンセリングに参加。
2003 年、中日新聞追悼欄「ラストワード」（死別体験）に手記が掲載される。
心と身体の癒しを学びたいと思い、2009 年、メンタルケアーカウンセラー資格取得。2010 年、鼓動整体取得。



**百パーセントの最期** すい臓ガンの夫を看取って

2019年11月15日　初版第1刷発行

著　者　松浦 秀子
発行者　瓜谷 綱延
発行所　株式会社文芸社
〒160-0022　東京都新宿区新宿1－10－1
電話　03-5369-3060（代表）
03-5369-2299（販売）

印刷所　株式会社フクイン





ISBN978-4-286-21079-7